Louise Tondreau-Levert

La disparition des coffrets à crayons

Une enquête de Dany Legris, Jordi et Pirouette la mouffette

Illustrations
Matthieu Lemond

Collection Oiseau-mouche

Éditions du Phœnix

© 2014 Éditions du Phœnix

Dépôt légal, 2014
Imprimé au Canada

Illustrations : Matthieu Lemond
Graphisme de la couverture : Hélène Meunier
Graphisme de l'intérieur : Hélène Meunier
Révision linguistique : Hélène Bard

Éditions du Phœnix

206, rue Laurier
L'île Bizard (Montréal)
(Québec) Canada H9C 2W9
Tél.: (514) 696-7381   Téléc.: (514) 696-7685
www.editionsduphœnix.com

Catalogage avant publication de Bibliothèque et Archives nationales du Québec et Bibliothèque et Archives Canada

Tondreau Levert, Louise, 1949-

La disparition des coffrets à crayons

(Collection Oiseau-mouche ; 25)
Pour enfants de 6 ans et plus.

ISBN 978-2-924253-26-7

I. Lemond, Matthieu. II. Titre. III. Collection : Collection Oiseau-mouche ; 25.
PS8589.O653D57 2014   jC843'.54   C2014-941538-9
PS9589.O653D57 2014

 Conseil des arts Canada Council
du Canada for the Arts

Nous remercions la SODEC de l'aide accordée à notre programme de publication. Nous reconnaissons l'aide financière du gouvernement du Canada par l'entremise du Fonds du livre du Canada pour nos activités d'édition à notre programme de publication.

Nous remercions le Conseil des arts du Canada de son soutien. L'an dernier, le Conseil a investi 154 millions de dollars pour mettre de l'art dans la vie des Canadiennes et des Canadiens de tout le pays.

We acknowledge the support of the Canada Council for the Arts, which last year invested $154 million to bring the arts to Canadians throughout the country.

Louise Tondreau-Levert

La disparition des coffrets à crayons

Éditions du Phœnix

De la même auteure chez Phœnix :

Un pirate, un trésor, quelle Histoire !
coll. Oeil-de-Chat, 2005.

*Pour mes petits enfants
toujours en quête
de nouvelles aventures!*

L.T.-L.

Chapitre I

L'école vient à peine de commencer que, déjà, rien ne va plus dans la classe de monsieur Landry. Les élèves de troisième année se sont fait voler leurs coffrets à crayons. En effet, leur enseignant avait commandé de beaux étuis en cuir bleu, renfermant non seulement une panoplie de crayons à mine et de crayons de couleur, mais aussi une multitude de gommes à effacer, de réglettes et de stylos. Le jour même de leur livraison, ils se sont volatilisés.

Mais pourquoi? Qui voudrait posséder autant de matériel scolaire? Depuis l'annonce du vol, les enfants s'inquiètent.

— Nous devons trouver le coupable. Si je mets la main sur lui, il aura affaire à moi! lance Nadia, rouge de colère.

Sa déclaration fait un peu rire Patrick et Guillaume. La petite brunette, toujours préoccupée par ses notes d'examen, ne paraît pas très menaçante, même quand elle est furieuse.

Monsieur Landry essaie de calmer sa classe :

— Le directeur est déjà au courant de la situation. Il prendra les mesures nécessaires pour récupérer notre matériel, ne vous inquiétez pas.

La rumeur de la disparition des étuis à crayons s'est répandue comme une traînée de poudre. À l'école du Quartier, tout le monde discute uniquement de ce cambriolage. Dany écoute avec attention. Hum… un voleur, des coffrets manquants, une énigme… *Pas de doute, voilà une affaire pour Dany Legris, Jordi et l'incroyable Pirouette la mouffette*! pense le jeune garçon.

Il passe une main sur son chapeau à la Indiana Jones et replace ses lunettes fumées. Âgé de neuf ans, le garçon ne porte pas cet accoutrement par plaisir, mais par obligation. Même si son nom de famille est Legris, on aurait très bien pu l'appeler Leblanc, car sa peau, ses cheveux, et même ses cils n'ont pas une couleur ordinaire : ils sont aussi pâles que la nouvelle neige. Hé oui! Dany est albinos, mais cela ne le dérange pas du tout. Il rêve de devenir détective, et ces vêtements, qu'il est obligé de porter pour se protéger du soleil, lui donnent déjà un air professionnel. Notre inspecteur

Legris, comme il aime se faire appeler, possède un sens de l'observation bien au-dessus de la moyenne. Il est vif d'esprit et il a du flair! Cette enquête en vue, dont tout le monde parle, vient donc d'éveiller son sixième sens. Il réfléchit déjà à un plan pour élucider ce mystère. *Je dois absolument chercher plus d'information sur cet étrange vol*, se dit le jeune albinos.

Et pour l'aider dans cette tâche, Dany le sait, il peut compter sur Jordi, son jeune ami colombien, et sur Pirouette, sa mouffette apprivoisée. Ensemble, ils forment une équipe imbattable! Le voleur des coffrets à crayon n'a qu'à bien se tenir!

Chapitre II

Dès la fin des classes, Dany rejoint Jordi pour l'informer de la situation : il a besoin de son aide pour épingler le voleur. Le jeune Colombien accepte avec plaisir. L'enquête commence. Les détectives sont sur le coup !

— Que vas-tu faire ? demande Jordi, alors qu'ils marchent tous deux dans le corridor. Est-ce que tu soupçonnes déjà quelqu'un ?

— Non, pas encore. Mais j'ai une idée pour forcer le coupable à se révéler. Je dois aller voir le directeur. Viens, suis-moi !

En moins de rien, les garçons atteignent le secrétariat.

— Pardonnez-nous, madame Aline, mais monsieur Nesbitt est-il encore là?

***

Le directeur reçoit Dany et Jordi dans son bureau et les écoute patiemment. Quand l'inspecteur Legris lui fait part de son plan, il hésite un moment. Les adultes n'ont pas l'habitude de confier une enquête à des enfants. Pour monsieur Nesbitt, les détectives en herbe n'ont aucune chance de retrouver le coupable. Ils veulent seulement s'amuser.

— Je suis sur le point d'appeler la police concernant le vol des étuis, leur dit-il enfin. Laissez les autorités s'en charger.

— Oh ! S'il vous plaît, monsieur le directeur, fait Dany sur un ton insistant, donnez-nous seulement une journée. Faites l'annonce dont je vous ai parlé, et si nous ne trouvons rien, vous n'aurez qu'à contacter les policiers.

Monsieur Nesbitt les regarde en silence, tout en réfléchissant. Après tout, s'il s'agit de démasquer un élève, leur idée n'est pas si bête.

— D'accord ; une journée.

Chapitre III

Ce soir-là, les deux détectives en herbe discutent de la prochaine étape de leur plan chez Dany. Ils doivent agir rapidement; sinon, le voleur risque de devenir introuvable.

— Comment saurons-nous si les coffrets se trouvent encore à l'école? s'interroge Jordi. Le cambrioleur a pu les sortir en douce.

— Possible… mais dans ce cas, quelqu'un a peut-être vu une personne transportant un gros sac. On ne passe pas inaperçu avec un chargement d'étuis sous le bras. C'est ce que nous devons découvrir !

Ensemble, Dany et Jordi mettent leur projet sur papier. Premièrement, interroger les élèves ; deuxièmement, vérifier tous les casiers et toutes les classes. Tout près d'eux, Pirouette, la mouffette de Dany, vient de se réveiller. Elle agite le museau, comme pour approuver la démarche des amis.

Je sais, je sais, il est bizarre de posséder une mouffette comme animal de compagnie. Mais Pirouette est particulière. Dany l'a reçue à son anniversaire de naissance, lorsqu'il a eu sept ans, et depuis, il en prend bien soin. Curieuse, elle se faufile partout, et personne n'ose l'arrêter de peur de se faire arroser. Pourtant, elle n'est pas dangereuse. Pirouette a perdu, lors d'une petite opération, ses glandes sécrétant le musc qui lui donnait une odeur nauséabonde. Mais ce détail, les malfaiteurs ne le connaissent pas! La mouffette s'avère donc une compagne précieuse dans les enquêtes de notre inspecteur Legris. Et celle-ci ne fera pas exception.

***

Le lendemain, il y a du grabuge dans le bureau de monsieur Nesbitt. Certains parents, offusqués par le vol, se sont rendus à l'école et demandent au directeur d'agir :

— Nous avons payé pour ces coffrets à crayons, remarquent-ils. Nos enfants ont le droit d'en profiter, il faut donc identifier le coupable rapidement. Ouvrez tous les casiers ! Fouillez tous les sacs. Vous finirez bien par trouver la marchandise volée…

Le directeur réussit à les calmer en leur mentionnant qu'il attend, d'ici deux jours, le rapport de son équipe d'enquêteurs. Rassurés, les parents rentrent chez eux, l'esprit tranquille. Bien entendu, monsieur Nesbitt s'est bien gardé de dire que l'enquêteur en chef était un élève de quatrième année, assisté d'un autre, âgé de neuf ans, et d'une mouffette ! *Mais qui sait ?* se dit-il. *Peut-être ces jeunes trouveront-ils vraiment un indice…*

***

Dans la cour de récréation, l'inspecteur Legris et son associé tentent d'interroger le plus d'élèves possible avant le début des classes. Plusieurs trouvent que Dany a la tête de l'emploi avec son chapeau et ses lunettes. Certains se font un plaisir de répondre aux questions des deux détectives, d'autres se moquent d'eux :

— Hé! Regardez! L'albinos et le Colombien se prennent pour Sherlock Holmes et Watson.

Dany et Jordi les ignorent complètement. Pas de temps à perdre avec eux. Ils ont un voleur à trouver. Les amis rencontrent bientôt Nadia et une autre fille; elles sont en grande discussion.

— Je n'arrive pas à croire que quelqu'un ait osé nous voler. C'est certainement encore un coup de Guillaume, dit Nadia, d'un ton aigu. Il n'aime pas les cours, et il est toujours en train de blaguer et de faire l'idiot. Il a sûrement caché les étuis, juste pour nous causer des problèmes.

— As-tu pensé à Martine, plutôt? réplique son amie en ricanant. Elle mange ses crayons et ses gommes à effacer en classe, tout le monde le sait. Elle voulait probablement se faire une réserve! Ah! Ah!

Quand la cloche sonne, Dany et Jordi ne se trouvent pas plus avancés. Personne ne semble connaître le voleur, et les hypothèses des filles paraissent peu probables.

Guillaume a beau ne pas aimer l'école, il n'est pas un voleur; et Martine a peut-être des manies étranges, mais jamais elle ne penserait à commettre un tel crime. Non, il faut chercher ailleurs…

Une bonne nouvelle attend toutefois nos détectives à l'intérieur. Dès la première période, le directeur annonce par interphone qu'il est désormais interdit d'utiliser des crayons, pas seulement en troisième année, mais dans toute l'école! Et pour rendre la consigne encore plus claire, monsieur Nesbitt précise que les enseignants doivent uniquement se servir du tableau interactif et de leur ordinateur pour donner leurs cours. Dany sourit. Le directeur a écouté son conseil.

— Et voilà! dit-il, satisfait. Si le voleur comptait sur son butin pour s'assurer de ne jamais manquer de crayons, cela ne lui sert à rien maintenant.

— Mais il pourrait essayer de les vendre, lance Jordi. Ou de s'en débarrasser…

— Tout à fait! C'est pourquoi nous devons garder l'œil ouvert. Le voleur fera sans doute un faux pas bientôt, et nous le percerons à jour.

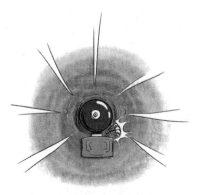

Monsieur Landry referme son ordinateur portable au moment où la cloche du dîner sonne. Tous les élèves s'engouffrent dans les couloirs et se dirigent vers leur casier. Nos deux amis, qui viennent de sortir de leur propre classe, croisent Patrick, un élève de troisième année. Le garçon les bouscule sans le vouloir.

— Oh ! Désolé, Dany, je ne t'avais pas vu.

Comme il poursuit sa route, le jeune albinos s'arrête et suit Patrick des yeux. Jordi ne comprend pas pourquoi son ami est soudain si pensif, mais il devine qu'il a trouvé un indice.

—Te souviens-tu ? Patrick avait apporté un déguisement hier…

— Oui! répond le Colombien. Un gros casque et un habit d'astronaute, je crois.

— Exactement. Un habit assez grand pour, disons, cacher une trentaine de coffrets à crayons?

— Probablement… fait Jordi en se frottant les mains. En plus, on dit qu'il était en retard en classe.

Les deux amis se félicitent. Ils ont un suspect!

***

Toute la journée, les détectives en herbe espionnent Patrick. Ils le suivent jusqu'à son casier et tentent de regarder à l'intérieur. Le costume a disparu. Alors, ils décident d'interroger leur camarade dans l'espoir de le faire parler. Dany et Jordi le bombardent de questions, mais le garçon se défend, affirmant son innocence. Il leur fait remarquer qu'il n'était pas le seul élève en retard le jour du vol. Un détail tracasse toutefois l'inspecteur Legris :

— Pourquoi t'es-tu déguisé ? Ce n'était pas l'Halloween.

— Je voulais seulement m'amuser un peu. Je venais de recevoir ce costume pour ma fête… et ma mère m'avait permis de l'apporter pour le montrer à mes amis.

Patrick semble sincère. Non, il n'a pas volé les coffrets. Mais on dirait qu'il cache quelque chose. Dany et Jordi l'encouragent à tout leur dire.

— Je… J'étais censé apporter les étuis à monsieur Landry hier, avoue-t-il enfin en baissant la tête. Mais j'ai oublié…

— Où devais-tu les prendre?

— Au secrétariat.

Quelqu'un se serait donc glissé dans le bureau de madame Aline pour prendre le sac à sa place. Dany et Jordi viennent de récolter un bon indice.

— Que sais-tu d'autre à propos des coffrets ?

Patrick réfléchit. Il connaît bien le livreur : monsieur Raymond Lafleur, dont le fils vient à l'école ici. Si une personne a une chance d'avoir vu le voleur, c'est lui.

— Martin Lafleur déménage à Chicoutimi demain matin, leur confie-t-il. Si vous voulez lui parler, il vaut mieux vous dépêcher !

Hum... le fils du livreur pourrait-il avoir volé lui-même le colis de son père ? Si oui, pour quelle raison ? Dany et Jordi n'en ont pas la moindre idée, mais dans tous les cas, ce suspect détient sans doute des informations sur le coupable. Il sait également à quelle heure les étuis sont arrivés chez madame Aline. Cette piste vaut la peine d'être suivie ! L'inspecteur Legris ne laissera pas passer cette occasion.

Chapitre IV

La journée s'annonçait difficile pour Amélie. Hier, le jour du vol des étuis, elle était assise dans le bureau de la secrétaire et elle bougonnait.

C'est à cause de Patrick si je suis en retenue, pensait-elle. *S'il ne m'avait pas fait sursauter, vêtu de son costume, je n'aurais pas crié. Et la surveillante n'aurait pas pensé que j'étais surexcitée.*

La secrétaire écrivait un mot d'explication pour les parents de la fillette. Elle lui a ensuite tendu le papier.

— Tiens, Amélie, tu peux retourner en classe maintenant, mais tu devras revenir demain, avec les autres élèves en retenue.

À l'école du Quartier, il y a des soirs précis pour les retenues. Tous les enfants punis viennent les lundis ou les jeudis. C'est plus facile pour la surveillante. Soudain, une cloche a sonné. Madame Aline a quitté son bureau pour ouvrir la porte au laitier, qui venait livrer, comme chaque matin, les berlingots de lait pour la collation des élèves. Amélie a alors remarqué un gros sac de toile à côté du bureau de la secrétaire. Curieuse, elle s'est approchée et a regardé à l'intérieur.

Elle a découvert les coffrets à crayons de monsieur Landry, son enseignant.

— Oh! non! a-t-elle gémi. Martin est déjà venu déposer les étuis. Il ne reviendra pas à l'école avant son départ, et à cause de cette retenue, je ne pourrai même pas lui dire au revoir! Ah! Patrick et son stupide costume!

Alors, une idée lui est venue. Elle pourrait porter elle-même les coffrets à son enseignant. Ainsi, monsieur Landry ne mettrait peut-être pas une mauvaise note à son bulletin. Et en plus, Patrick se ferait probablement disputer pour son oubli. Après tout, c'est lui, le postier de la classe. Il aurait déjà dû apporter le sac… Convaincue, Amélie a saisi le paquet et s'est dirigée vers sa classe.

Une fois de retour à son poste, la secrétaire s'est précipitée sur le téléphone qui n'arrêtait pas de sonner. Débordée, elle n'a pas remarqué que le paquet laissé par Martin Lafleur avait disparu ni qu'Amélie avait oublié son billet vert.

Chapitre V

En fin d'après-midi, les deux détectives mettent en branle la deuxième étape de leur plan. Cette fois, les amis devront se séparer. Sur la piste d'un nouveau suspect, ils sentent que bientôt ils perceront l'énigme. Mais la partie n'est pas encore gagnée. Si un élève a volé les coffrets à crayons, ces derniers se trouvent possiblement encore sur le site de l'école, et l'inspecteur Legris connaît un seul être capable de les dénicher : Pirouette ! Agile, la mouffette de Dany peut se glisser dans les endroits les plus insoupçonnés, et creuser dans la terre à l'aide de ses pattes griffues. Un grand atout pour nos détectives en quête d'indices ! Par contre, elle dort toute la journée, car il s'agit d'un animal nocturne. Une fois réveillée, Pirouette se rend à l'école accompagnée de son maître et de Jordi, son fidèle associé. Sa tâche : vérifier tous les casiers.

Après avoir avalé quelques insectes, elle se met au travail et, docilement, se laisse guider par Jordi. Ce dernier promène avec fierté l'animal noir aux rayures blanches. En silence, tous deux se dirigent vers le premier couloir de casiers désert et commencent leur inspection.

***

Pendant ce temps, Dany, lui, a rendez-vous avec son suspect numéro un derrière l'école. Il a choisi, pour cette discussion, un endroit très discret, car la personne qu'il doit interroger est timide. Il ne veut pas l'effrayer, de peur qu'elle refuse de parler. Grâce à Patrick, le détective en herbe a réussi à obtenir son numéro de téléphone. À l'heure convenue, le fils du livreur a rejoint secrètement l'inspecteur Legris et discute avec lui depuis quelques minutes.

— Es-tu certain de ce que tu dis?

— Oui. Dany, je te jure que je l'ai vue!

— Pourquoi ne l'as-tu pas dit avant ?

— Je n'avais pas le temps, je devais rester pour me soumettre à un examen. Ensuite, j'ai préparé mon déménagement…

— Et tu dis que les étuis se trouvent encore dans son casier ?

— J'en suis sûr.

— D'accord, tout rentrera dans l'ordre, ne t'en fais pas.

— J'ai peur qu'elle se fasse disputer.

— Non, ce n'est qu'un malentendu.

Pendant que Dany rassure son compagnon de classe, sa mouffette, elle, renifle les casiers des élèves. Jordi avait pris soin de lui faire sentir un coffret semblable à ceux qui ont été dérobés. Telle une véritable mouffette de policier, Pirouette inspecte minutieusement tous les recoins de l'école, à la recherche d'une odeur de cuir.

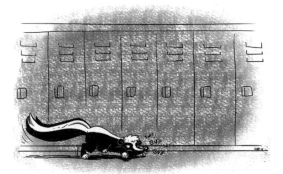

Mais rien. Toujours rien.

— Ils doivent pourtant bien se trouver quelque part, ces coffrets à crayons ! s'exclame Jordi en se dirigeant vers un deuxième couloir.

Chapitre VI

Martin Lafleur venait de déposer le paquet d'étuis chez la secrétaire. Il déménageait à Chicoutimi dans deux jours, à cause du travail de son père, lequel avait été transféré dans un autre magasin de l'entreprise qui l'emploie. Le garçon aidait parfois son père à faire ses courses et, cette fois, en guise de dernière tâche, Martin devait apporter les coffrets à crayons dans la classe de troisième année.

— Mais… je ne pourrai pas dire au revoir à Amélie, avait-il protesté.

— Je suis désolé, mon grand, je n'ai pas le temps de le faire moi-même. J'ai besoin de toi.

Martin était donc allé porter le matériel scolaire au secrétariat. Il ne se rendrait pas en classe comme tout le monde ce jour-là : il devait se soumettre à un examen pour sa nouvelle l'école.

— Changer de ville et laisser ses amis derrière, ce n'est vraiment pas drôle ! se plaignait-il en vidant son casier.

À ce moment, le garçon a aperçu Amélie qui descendait le couloir d'un pas pressé. Elle portait le sac de toile contenant les étuis sur son dos.

— Tiens… je pensais que c'était Patrick, le responsable des colis.

Il n'avait pas le temps de lui parler. La surveillante devait déjà l'attendre pour commencer son examen. Ses livres sous le bras, il s'est éloigné.

***

Une fois devant la porte de sa classe, Amélie s'est aperçue

qu'elle n'avait pas son billet vert. Elle a déposé le sac dans son casier et elle est retournée au secrétariat.

Comme elle entrait dans le bureau d'Aline, la fillette a entendu la secrétaire parler au directeur, monsieur Nesbitt.

— Les étuis à crayons ont été volés !

— Impossible ! Je les ai vus tout à l'heure.

— Moi aussi, mais ils ont disparu. Doit-on avertir les policiers ?

— Si nous ne les trouvons pas d'ici un jour ou deux, nous n'aurons pas le choix.

Amélie a blêmi. De peur de subir une punition encore plus

grave, elle est repartie sans son billet vert. Elle est restée dans le corridor, jusqu'à ce que la cloche annonce le dîner. À la période suivante, la secrétaire est venue avertir monsieur Landry du cambriolage. *Qu'est-ce que je vais faire maintenant?* a pensé la fillette, inquiète. À la fin de la classe, elle est retournée à son casier et a caché les étuis dans son sac à dos en se disant : *demain, je laisserai le tout dans le bureau de madame Aline. Le directeur pensera qu'elle a mal regardé.*

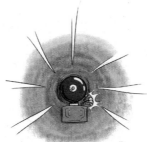

Puis, elle est retournée chez elle, en tentant d'avoir l'air le plus normal possible.

***

Le lendemain soir, alors que Jordi et Pirouette fouillent l'école à la recherche des coffrets volés, Amélie revient de sa retenue. Elle n'a pas eu le temps de rendre les étuis aujourd'hui et les a remis dans son casier. D'ailleurs, l'annonce du directeur, ce matin, l'a rendue perplexe… *Ont-ils encore besoin des crayons s'il est interdit de les utiliser ?* a-t-elle pensé. Elle décide tout de même de les remettre dans son sac à dos et de les rapporter. Ce paquet lui pèse lourd sur la conscience. Elle a hâte de s'en débarrasser.

Il n'y a presque plus personne dans l'école maintenant, se dit-elle. *Voilà le bon moment. Je pourrai déposer le sac dans le bureau de madame Aline, ni vu ni connu.*

Pendant ce temps, Dany Legris, accompagné de Martin Lafleur, s'empresse de rejoindre ses associés. Les deux garçons doivent atteindre le casier d'Amélie le plus vite possible.

***

Mais le jeune Colombien et la mouffette s'approchent déjà de leur but. Tout à coup, Pirouette lève le nez et, sans prévenir, se dirige, en tirant à droite, vers une croisée de corridor. Au même moment, Amélie apparaît. Quand elle aperçoit la mouffette, elle pousse un cri suraigu et recule vers les casiers, terrifiée.

Jordi n'y comprend rien. Dany et Martin arrivent à ce moment, essoufflés. Alarmé par le cri, le directeur rejoint aussi les élèves. Il découvre une scène plutôt comique : une mouffette, debout sur ses pattes de derrière, pointe de son museau une fillette au bord des larmes. Paralysée par la peur, Amélie hurle, tenant son sac serré contre elle. L'inspecteur Legris s'avance doucement, flattant Pirouette pour la calmer, tandis que Martin essaie de réconforter son amie. Peu à peu, la fillette arrête de crier. Elle remarque alors que Pirouette n'est pas intéressée à elle, mais à son sac à dos.

— Qu'y a-t-il, Amélie ? demande monsieur Nesbitt en s'approchant d'elle. Qu'est-ce que tu as dans ton sac ?

À cette question, la pauvre fille éclate en sanglots. Puis, elle s'explique longuement. Elle raconte tout : le costume de Patrick, sa retenue et sa déception de ne pouvoir dire au revoir à Martin, puis son désir d'apporter les coffrets elle-même. Attendri, le directeur se penche vers elle.

— Je vais passer l'éponge sur cette histoire, déclare-t-il. Après tout, ce n'était qu'un incroyable imbroglio !

Essuyant ses larmes, Amélie regarde le directeur d'un air interrogateur.

— Un quoi, monsieur ?

Monsieur Nesbitt éclate de rire.

— Un malentendu.

Souriant un peu, la fillette redonne les coffrets au directeur. Pour la consoler, son ami Martin lui propose de venir le visiter de temps en temps à Chicoutimi.

Apparemment, cette idée plaît beaucoup à Amélie : son visage rayonne. Enfin.

Affaire classée ! Fiers de leurs succès, Dany Legris et ses fidèles associés échangent un regard satisfait. Ils ont percé à jour le mystère des coffrets à crayons volés ! Les élèves de troisième année pourront enfin dormir sur leurs deux oreilles. Sur le chemin du retour, les détectives en herbe n'ont qu'une seule pensée : Si une autre enquête se présente, ils chercheront la solution sans hésiter !

Table des matières

Louise Tondreau-Levert

Des contes, des contes et encore des contes. Toutes les histoires et tous les contes de fées, ma mère me les a lus. Lorsque j'ai appris à lire, je les ai relus plutôt deux fois qu'une. J'ai bercé mes enfants avec de drôles d'histoires. J'ai animé « L'heure du conte » pendant plus de dix ans à la bibliothèque de mon quartier. Alors, j'ai obtenu un certificat en littérature jeunesse et, maintenant, j'aime bien présenter mes livres aux enfants de la maternelle à la sixième année. Qui aurait cru que tous mes écrits auraient fait entrer autant d'enfants et de magie dans ma vie.

Matthieu Lemond

Matthieu Lemond, alias « Watt », artiste peintre et illustrateur. Il est né à Laval, a grandi à Blainville et habite maintenant à Sainte-Catherine. Il est illustrateur depuis qu'il a la couche aux fesses. Et il dit qu'il dessinera jusqu'à ce qu'il retourne aux couches. Le dessin, c'est sa passion! Tellement, que son odeur favorite est un crayon à mine fraîchement aiguisé. Son unique but : vivre de son art.

Achevé d'imprimer
en août deux mille quatorze, sur les presses
de l'imprimerie Gauvin, Gatineau, Québec